T0380459

SUZANNE WALLACE

My name is Flossy

A Story told in three languages:
English, French and Spanish

ISBN: Softcover   978-1-7960-3635-0
        Hardcover   978-1-7960-3636-7
        EBook   978-1-7960-3634-3

Print information available on the last page

Rev. date: 06/13/2019

To order additional copies of this book, contact:
Xlibris
1-888-795-4274
www.Xlibris.com
Orders@Xlibris.com

This book is two stories in one. It is the story of Flossy, a young girl who lived in south west Louisiana in the 1940's. It tells of her town, her life, and the pleasure she took in her family and surroundings. It is also a story of Louisiana and what makes it unique and special.

For Native Americans, Louisiana was first their home, then the French came, later the Spanish, the French again, and after the Louisiana Purchase, it became an important part of America. To honor the diversity within the state, Flossy's story is told in three of the major languages spoken there, English, French and Spanish.

You can enjoy reading about Flossy in one of the languages provided or just take a look at how the languages are alike or different while expressing the same thought.

Please join us in celebrating a beautiful little girl, Flossy, and a wonderful state, Louisiana!

My name is

Flossy

Je m'appelle

Flossy

Me llamo

Flossy

Written and Illustrated by Suzanne Wallace

For
Kate and Thalia
And
All who contributed
To this book

Flossy

Hello! My name is Flossy. I live in a little town in southern Louisiana. I am very happy here because of the warmth that lasts all year long, and I can be outside most of the time.

This is a very old town. The French established themselves here in 1765. They brought a very simple and tranquil life, which we still enjoy today.

Now, it is summer. School is over. We are on vacation.

This morning, my brothers are having some cool drinks, because it is very hot. I am going to look for my fishing pole to go fish in the bayou.

Bonjour! Je m'appelle Flossy. J'habite une petite ville au sud de la Louisiane. J'y suis très heureuse à cause de la chaleur qui dure toute l'année, et je peux être à l'extérieur la plupart du temps.

C'est une très vieille ville. Les Français s'y installèrent en 1765. Ils apportèrent une vie très simple et tranquille, ce dont nous jouissons encore aujourd'hui.

Maintenant c'est l'été. L'école est terminée, nous sommes en vacances.

Ce matin mes frères prennent des boissons fraîches car il fait très chaud. Je vais chercher ma canne à pêche pour aller pêcher dans le bayou.

¡Hola! Me llamo Flossy. Yo vivo en un pueblito al suroeste de Louisiana. Yo estoy muy feliz aquí porque tenemos temperaturas tibias casi todo el año y podemos hacer muchas cosas en las afueras.

Es un pueblo muy viejo. Los franceses se establecieron aquí cerca de 1765. Ellos trajeron un modo de vida tranquilo y sencillo, el cual aún disfrutamos.

Es verano ahora. Nosotros estamos en vacaciones del colegio.

Esta mañana mis hermanos están disfrutando de bebidas frías porque está muy caliente. Voy a pescar con mi vara en el Bayou.

It is in the Bayou that I like to fish. A bayou is a curving canal filled with moving water. "Bayou" is a word used only in Louisiana.

I can sit under big trees and fish for hours. Sometimes, I catch catfish. At other times, I catch bass. My mother cooks the catfish in a delicious soup called "courtbouillon." My mother is a good cook. Most of the people in my town like to cook and eat good food.

C'est dans le bayou que j'aime pêcher. Un bayou est un canal sinueux rempli d'eau courante. "Bayou" est un mot qu'on utilise en Louisiane seulement.

Je peux m'asseoir sous de grands arbres et pêcher pendant des heures. Quelquefois j'attrape des "catfish", d'autres fois c'est des "bass". Ma mère fait cuire le "catfish" en une soupe délicieuse appelée "courtbouillon". Ma mère est une bonne cuisinière. La plupart des gens dans ma ville aiment cuire et manger la bonne nourriture.

Este es el Bayou donde yo amo pescar. Un bayou es un canal curvado lleno de agua que se mueve lentamente. Bayou es una palabra usada por la mayor parte en Louisiana.

¡Me puedo sentar bajo los árboles grandes de roble y pescar por horas! Algunas veces pesco barbo y otras veces perca. Mi mama cocina el barbo en una sopa deliciosa llamada courtbouillion. Mi mama es una buena cocinera. Casi toda la gente en mi pueblo disfruta cocinar y comer buena comida.

Another thing that I like is to walk in front of all the stores on Main Street, and to look at the pretty clothes in the windows.

I hope that one day I can have a beautiful dress like those that I see in the windows. I pretend that I am dressed up and that I am going to a party. I like to pretend.

Une autre chose que j'aime c'est de me promener devant tous les magasins de Main Street et de regarder les jolis vêtements dans les vitrines.

J' èspere qu' un jour je pourrai avoir une belle robe comme celles que je vois dans les vitrines. Je m'imagine être bien habillée, et que je vais danser. J' aime bien faire semblant ainsi.

Otra cosa que me gusta hacer es caminar por todos los almacenes de la calle principal y mirar todos los vestidos bellos en las ventanas.

Espero que un día yo pueda tener un vestido tan bello como los que veo en las ventanas. Yo pretendo que estoy muy arreglada y voy a una fiesta. Me facina pretender.

The most beautiful dress that I have ever seen was worn by a bride. She was going into a church in a long white dress with a big veil. It was so long that someone had to help her. The bride was pretty.

Perhaps one day I will be a bride in a white dress. Everyone will say "Look at Flossy! She is so beautiful!"

La plus belle robe que j'aie jamais vue était portée par une mariée. Elle allait à l'église dans une longue robe blanche avec un grand-voile. Il était si long que quelqu'un devait l'aider. La mariée était charmante.

Un jour peut-être je serai une mariée en robe blanche. Tout le monde dira, "Regardez Flossy! Qu'elle est belle!"

El vestido más bello que yo me visto, lo vi en una novia. Ella iba hacia una iglesia con un largo vestido blanco y un velo largo. Era tan largo que alguien le tuvo que ayudar. La novia estaba hermosa.

Un día tal vez yo seré una novia toda vestida de blanco. Todo el mundo dirá "Miren a Flossy! ¡Que hermosa esta!"

I spoke to my grandmother about the new bride, and she told me about the day of her wedding and her dress. Then she told me other stories about the time when she was a young girl like me. She knew many wonderful stories. I am happy that my grandmother lives near us, so that we can speak together.

Some of her stories are in French. My grandmother speaks French as well as she speaks English. She is teaching me how to speak French right now. It is fun to speak two languages.

J'ai parlé à ma grand'mère de la nouvelle mariée, et elle m'a parlé du jour de son mariage et de sa robe. Puis elle m'a raconté d'autres histoires du temps qu'elle était jeune fille comme moi. Elle connaît tant de merveilleuses histoires. Je suis heureuse que ma grand'mère demeure près de chez nous, alors nous pouvons parler ensemble.

Quelques-unes de ses histoires sont en français. Ma grand'mère parle français aussi bien qu'elle parle anglais. Elle m'enseigne à parler français maintenant. C'est amusant de parler deux langues.

Yo le dije a mi abuela acerca de la novia y ella me contó a mi de su dia de bodas y su vestido. Ella me contó a me otras historias cuando ella era una joven como yo. Ella sabe muchos cuentos maravillosos. A mi me gusta que mi abuela viva cerca a nosotros. Así podemos conversar.

Algunas de sus histories son en francés. Mi abuela habla francés tan bien como habla inglés. Ella me está enseñando a hablar francés ahora. Es muy divertido hablar dos idiomas.

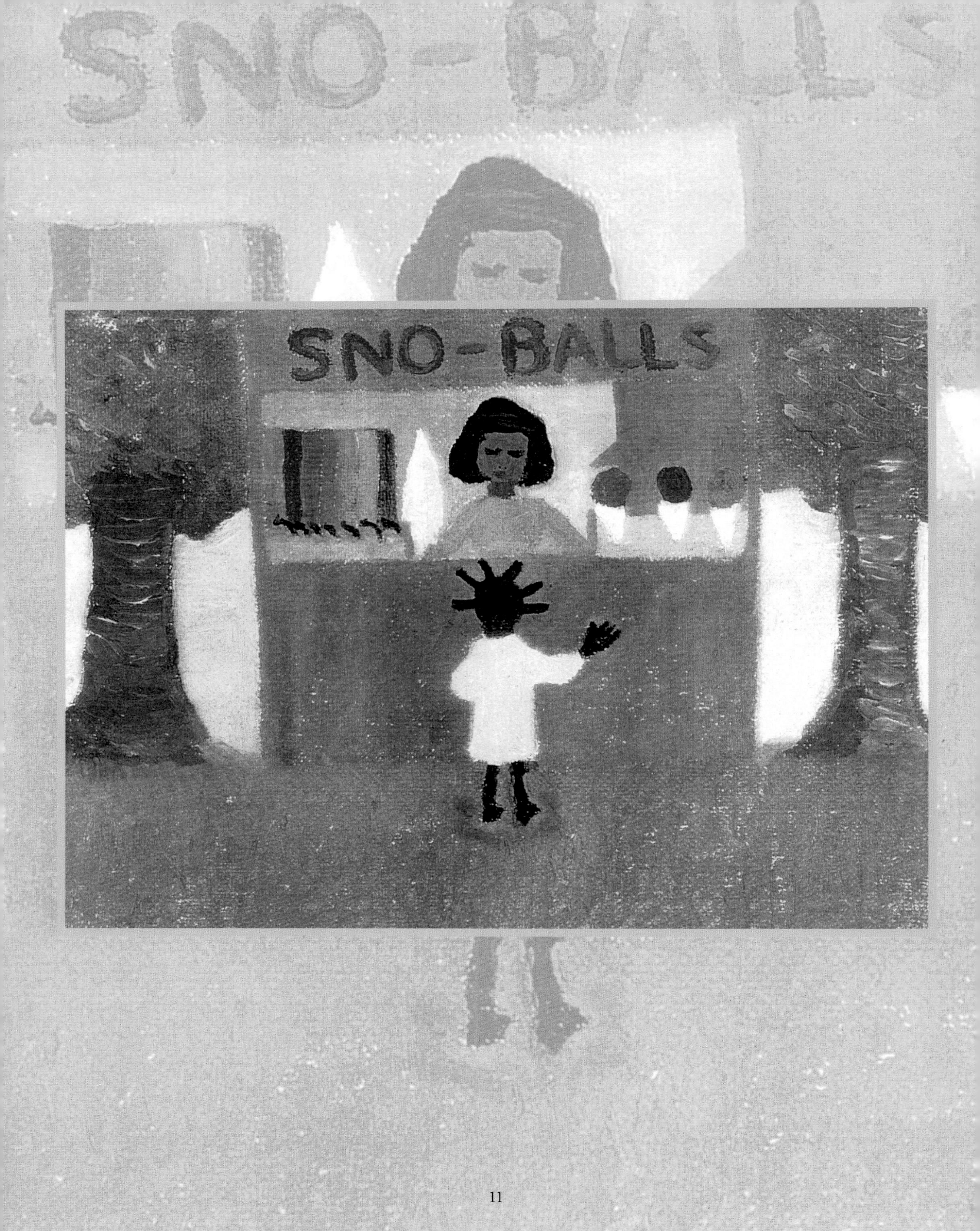
SNO-BALLS

Later, I will go to buy a sno-ball for my grandmother and me. Sno-balls are crushed ice that we eat with different flavors of syrup. What a good way to cool off on a hot summer day!

I love the grape flavor, and my grandmother likes straw berry. I will bring my father a mint sno-ball.

Plus tard j'irai acheter un "sno-ball" pour ma grand'mère et moi. Les "sno-balls" sont des coupes de glace pilée que nous mangeons avec diverses saveur de sirop. Quelle bonne manière de se rafraîchir par une journée chaude d'été!

J'aime la saveur raisin et ma grand'mère aime la fraise. J'apporterai à mon père un sno-ball de menthe.

Mas tarde iré a comprar una bola-de-nieve para mi abuelita y yo. Bolas-de nieve son copas de hielo molido las cuales comemos con muchos sabores de sirope. Que buen modo de refrescarse en un dia caliente de verano!

A mí me gusta el sabor de uva y a mi abuelita le gusta de fresca. Yo le llevaré uno de menta a mi papá.

My father lets me sell vegetables with him on the side of the road. We sell things that we grow on our farm.

Today we are selling lettuce, tomatoes, cauliflower, and watermelons. I like watermelon best. Many nice people stop to buy some from us. It is interesting to meet them.

It is good to be able to grow the food that we eat.

Mon père me permet de vendre des légumes avec lui sur le bord de la route. Nous vendons les choses que nous cultivons à notre ferme.

Aujourd'hui nous avons des laitues, des tomates, des choux-fleurs, et des pastèques. Je préfère la pastèque. Beaucoup de personnes agréables s'arrêtent pour nous en acheter. C'est amusant de les rencontrer.

C'est bon de pouvoir cultiver les produits que nous mangeons.

Mi papá me deja vender vegetales con él, al lado de la carretera. Nosotros vendemos las cosas que cultivamos en nuestra finca.

Hoy estamos vendiendo lechuga, tomates, coliflor y sandia. Mi favorita es sandia. Mucha gente amable para a comprar nuestras cosas. Conocerles es agradable.

Es bueno poder cultivar la comida que comemos.

In our city are sugar-cane fields. Sugar-cane is a plant with a long stem. In each stalk of cane, there is much sweet juice from which one gets sugar and syrup. The cane grows well in Louisiana, because we have fertile land, and there is a lot of rain. In the past, workers cut the cane by hand, but now, machines cut the stems. Then they are placed in large trucks and carried to the sugar refinery.

There is a sugar refinery near my house where raw sugar is produced by crushing and pressing the cane stalks. The raw sugar is next sent to another sugar refinery, where it is transformed into pure white sugar that we use at meals.

Dans notre ville sont des champs de canne à sucre. La canne à sucre est une plante avec une longue tige. Dans chaque tige de canne il y a beaucoup d'un jus sucre d'où l'on tire le sucre et le sirop. La canne pousse bien en Louisiane parce que nous avons une terre fertile et qu'il y a beaucoup de pluie. Autrefois les travailleurs coupaient la canne à la main, mais maintenant les machines coupent les tiges. Alors elles sont placées sur de gros camions et on les apporte à la raffinerie de sucre.

Il y a une raffinerie de sucre près de chez moi où le sucre brut est produit en écrasant et en comprimant les tiges des cannes. Le sucre brut est ensuite envoyé à une autre raffinerie de sucre où il est transformé en pur sucre blanc que nous utilisons au repas.

En nuestra ciudad son campos de caña de azúcar. Caña de azúcar es una planta alta y delgado. Dentro de cada tallo de caña hay una gran cantidad de jugo azucarado del cual hacen azúcar y sirope. Caña crece muy bien en Louisiana porque la tierra es fértil y tenemos mucha lluvia. En otros tiempos los trabajadores cortaban la caña a mano pero ahora maquinas corta los tallos de caña. Después de esto son transportados en camiones y traídos al Ingenio.

Hay un Ingenio cerca a mi casa donde el azúcar cruda se saca de los tallos escurridos y molidos. El azúcar cruda es después mandada a la refinería de azúcar y allí se transforma en azúcar pura y blanca para usar a la hora de la comida.

Sometimes, we relax at the church fair. Troops of traveling showmen come to our little town with rides. They set up a Ferris wheel, a carousel, and miniature cars for the children to amuse themselves.

The people in the town build booths and sell food, drinks, balloons, and toys. We play bingo and other games. There is always music for dancing. We have a good time. I like fairs!

Parfois, nous détendez-vous à l'église juste. Des troupes de saltimbanques arrivent chez nous avec des appareils divers. Ils installent une grande roue avec des bancs. Des chevaux de bois et des autos miniatures, où les enfants peuvent s'amuser.

Les gens de la ville bâtissent des baraques et vendent de la nourriture, des boissons, des ballons, et des jouets. Nous jouons au bingo et aux autres jeux. Il y a toujours de la musique pour que tous dansent. Nous nous amusons bien. J'aime les foires!

A veces, nos relajamos en la Feria de la iglesia. Grupos que viajan vienen a nuestro pueblito con atracciones. Ellos hicieron un rueda de fortuna, un carrusel y coches en miniatura para que los niños se divirtieran.

La gente en este pueblo construyen casitas y venden comida, bebidas, bombas y juguetes. Nosotros jugar bingo y otros juegos. Hay música para que todo el mundo baile. Todos pasamos muy bueno. A mi me gustan las ferias.

When the summer ends, I go to school. Our teachers are very nice. I learn many things and make good friends. I like reading, because in books, I learn what boys and girls who live in other parts of our country, and in other countries of the world are doing.

I like to read stories about children who live in cold places, because I have never seen snow here. I like stories about children who live near oceans or mountains, because I have never seen an ocean or a mountain. With books, I can learn about the whole world, and the whole world can learn about me.

Quand l'été s'en va, je vais à l'école. Nos professeurs sont très gentils. J'apprends beaucoup de choses et me fais de bons amis. J'aime la lecture, parce que dans les livres j'apprends ce que font les garçons et filles qui demeurent dans les autres parties de notre pays et dans d'autres pays du monde.

J'aime lire des histoires d'enfants qui vivent dans des régions froides parce que je n'ai jamais vu la neige chez nous. J'aime les histoires d'enfants qui vivent près des océans où des montagnes, parce que je n'ai jamais vu ni l'océan ni une montagne. Avec les livres je peux apprendre tout de monde et le monde peut apprendre de moi.

Cuando el verano se acaba, yo voy a la escuela. Nuestros profesores son muy agradables. Yo aprendo muchas cosas y hago buenos amigos. Me gusta leer porque en los libros yo aprendo acerca de niños y niñas que viven en otras partes de nuestra país y en otros países del mundo.

Me gusta leer historias sobre niños que viven en lugares fríos, porque nunca he visto nieve aquí. Me gustan historias sobre niños que viven cerca a océanos y montañas porque yo nunca he visto un océano o una montaña. Con libros, yo puedo aprender sobre todo el mundo y todo el mundo puede aprender sobre de mí.

At the end of the day, when it is still hot, my mother often lets me take a bath in a large kettle in the courtyard as a special favor. The kettle is so big that my mother must help me get in and get out of it.

When I am finished, I am clean and cool and ready to go to bed.

A la fin de la journée quand il fait toujours chaud, ma mère me permet souvent comme une faveur spéciale de prendre un bain dans une grosse marmite dans la cour. La marmite est si grande que ma mère doit m'aider pour y entrer et pour en sortir.

Quand j'ai fini, je suis propre et fraiche, et prête à aller au lit.

Al final del día cuando la temperatura esta todavía tibia, mi madre frecuentemente me deja tomar un baño en un hervidor grande en el patio como cosa especial. El hervidor es tan grande que mi madre me ayuda a salir y meterme en ella.

Cuando termino, yo estoy limpia y fresca y lista para ir a mi cama.

23

I like to go to bed, because I can say a little prayer before sleeping to thank God for all the things that He has given me. I tell Him how much I love my family and my home and the town where I live, but most of all, I love Him.

GOOD NIGHT!

The End

J'aime le coucher parce que je peux dire une petite prière avant de m'endormir pour remercier Dieu pour toutes les choses qu'il m'a données. Je lui dis combien j'aime ma famille et ma maison et la ville ou je vis, mais au-dessus de tous, je L'aime.

BONSOIR!

Finis

A mí me gusta la hora de dormir porque yo puedo decir una pequeña oración antes de dormir para darle gracias a Dios por las muchas cosas que el me ha dado. Yo le digo a El cuanto quiero a mi familia, mi casa y el pueblo donde yo vivo. Pero más que todo yo lo amo a Él.

BUENAS NOCHES!

El Fin

Questions

1. What is the nicest thing about the place where you live?
   Quelle est la meilleure chose à propos de l'endroit où vous habitez ?
   ¿Cuál es la más bonita cosa sobre el lugar adonde tu vives?

2. Do you know how to speak more than one language?
   Savez-vous parler plus d'une langue ?
   ¿Sabes cómo hablar más de un idioma?

3. If you could learn a new language, which one would it be?
   Si vous pouviez apprendre une nouvelle langue, laquelle serait-ce ?
   Si pudieras aprender un nuevo idioma, ¿cuál sería?

4. Have you ever had a sno-ball, and which flavor would you like the best?
   Avez-vous déjà mangé une boule de neige (« sno-ball ») et quelle saveur préférez-vous ?
   ¿Alguna vez has tenido un Sno-Ball, y qué sabor te gustaría lo mejor?

5. What is your favorite vegetable?
   Quel est votre légume préféré ?
   ¿Cuál es tu verdura favorita?

6. Have you ever been to a fair, and what did you do there?
   Avez-vous déjà été à une foire et qu'avez-vous fait là-bas ?
   ¿Has estado alguna vez en una feria, ¿y qué hiciste allí?

7. What is your favorite subject in school, and why do you like it?
   Quelle est votre matière préférée à l'école et pourquoi vous l'aimez ?
   ¿Cuál es tu tema favorito en la escuela, y por qué te gusta?

8. What are you grateful for in your life?
   Pour quoi ou qui êtes-vous reconnaissant dans votre vie ?
   ¿De que estas agradecidas en tu vida?

Printed in the United States
By Bookmasters